절묘한 순간포착 100

나만 없어, 인간

고양이의 순간들 ②

———

이용한 글·사진

절묘한 순간포착 100

나만 없어, 인간

고양이의 순간들 ②————이용한 글·사진

이야기장수

고양이를 만나 사료배달부의 길을 걸어온 지도 어느덧 18년째다. 그야말로 어쩌다보니 여기까지 왔다. 그러는 동안 13권의 고양이책을 썼고, 이번에 2권의 책을 더 보태게 되었다. 고양이에 대한 시선이 곱지 않은 우리나라에서 18년째 고양이 작가로 산다는 게 결코 쉽지만은 않은 일이다. 말로 다하지 못한 우여곡절과 고충에도 이제껏 버틸 수 있었던 건 역시 고양이 때문이다. 그들이 나에게 넘치는 웃음과 위로를 주었고, 덤으로 멋진 사진과 사연을 선사했다.

이 책은 지난 18년간 고양이에게 추파를 던지며 얻어낸 순간 포착에 대한 기록이다. 1권과 마찬가지로 그동안 펴낸 책에서 단편적으로 소개된 사진도 있고, SNS에서만 공개한 사진도 있다. 주로 SNS와 블로그, 브런치 등에서 화제가 되었거나 공감을 가장 많이 받은 게시물을 선정해 실었다. 많게는 14만 명으로부터 '좋아요'를 받은 것부터 적게는 1만 명 안팎의 공감을 받은 것까지 대부분 이 책에 포함되었다.

첫 고양이책 서문에서 나는 이렇게 쓴 적이 있다. "고양이에게 신뢰받지 않고는 신뢰할 만한 고양이 사진을 찍을 수 없다." 여전히 나는 그 믿음으로 사진을 찍고 있다. 좋은 고양이 사진이란 결국 고양이가 가져다주는 것. 잘 찍은 사진이 꼭 좋은 고양이 사진이 되는 건 아니다. 고양이 밥을 주고 함께 놀아주며 시간을 보내다보면 절묘한 순간포착도, 좋은 사진도 자연스럽게 얻게 된다.

고양이가 있는 곳이면 어디든 따라다니는 통에 나의 오래된 카메라는 이제 수명이 다했다. 몇 번이나 눈길에 미끄러지고 부딪히면서 렌즈는 찌그러지고, 액정은 금이 갔다. 십몇 년을 혹사당한 카메라의 기구한 운명이니 어쩔 도리가 없다. 어차피 시작은 사료배달부였으니 얼마간 고양이를 기록하는 일은 카메라 대신 마음에 저장하기로 한다.

2024년 가을에
이용한

차례

2부 | 봄

3부 | 여름

4부 | 가을

5부 | 공존

1부

겨울

1

예의바른 고양이

"식사는 하셨습니까, 행님?"

"그래, 오다가 사료로 대충 때웠다."

2
그리운 봉달이

봉달이와는 두 번의 겨울을 함께 했다. 녀석은 내가 마을에 나타나기라도 하면 어떻게 알고 100미터 밖에서도 버선발로 뛰쳐나왔다. 내가 사는 곳에서 녀석의 영역까지는 약 4킬로미터. 폭설이 내리면 고양이는 먹이를 구하기 어렵기 때문에 눈이 오면 더자주 사료 배달을 했던 것 같다. 덕분에 꽤 많은 눈고양이 사진도 얻었으니 배달비는 두둑하게 챙긴 셈이다.

🐾 폭설을 뚫고 힘들게 내 앞에 당도한 봉달이 녀석. 오히려 밥 주러 여기까지 와줘서 고맙다며 나에게 머리 쿵을 하고 얼굴을 부빈다.

3
폭설 내린 개울에서

　폭설 내린 개울에서 혼자 노는 봉달이를 몰래 지켜본 적이 있다. 너석은 혼자서 눈밭을 이리 뛰고 저리 뛰고 강아지처럼 뛰어다니더니 개울 건너편에 가서도 또 한바탕 눈밭에 자기 흔적을 남기고 있었다. 몰래 사진만 찍다가 봉달이 이름을 부르며 내려가자 너석은 개울 건너편에서 버선발로, 아니 맨발로 개울물을 저벅저벅 걸어서 이쪽으로 건너왔다. 물론 물에 젖은 발은 반갑다는 핑계로 내 바짓가랑이에 닦곤 했지만, 그 무릎에 닿는 서늘한 발의 느낌이 나는 그렇게 따뜻할 수가 없었다.

🐾 아니. 그렇게 맨발로 개울을 건너면 발 안 시리니?

4

아쿠, 아톰의 눈놀이

묘생 첫겨울부터 아쿠와 아톰은 눈만 내리면 눈밭으로 뛰쳐 나갔다. 둘은 예전에 눈을 좋아했던 봉달이와 덩달이 이후 최고 의 눈밭 단짝이었다. 눈밭에서 즐기는 눈놀이의 종목도 다양했 다. 달리기와 우다다, 눈싸움은 물론 가끔 찍사 사냥까지 즐겼다. 눈밭에 나가 노는 녀석들의 뒤를 따라다니느라 언제나 내가 먼 저 지쳤다. 그렇게 네 번의 겨울을 나고 둘은 이제 다섯 살이 되 었다.

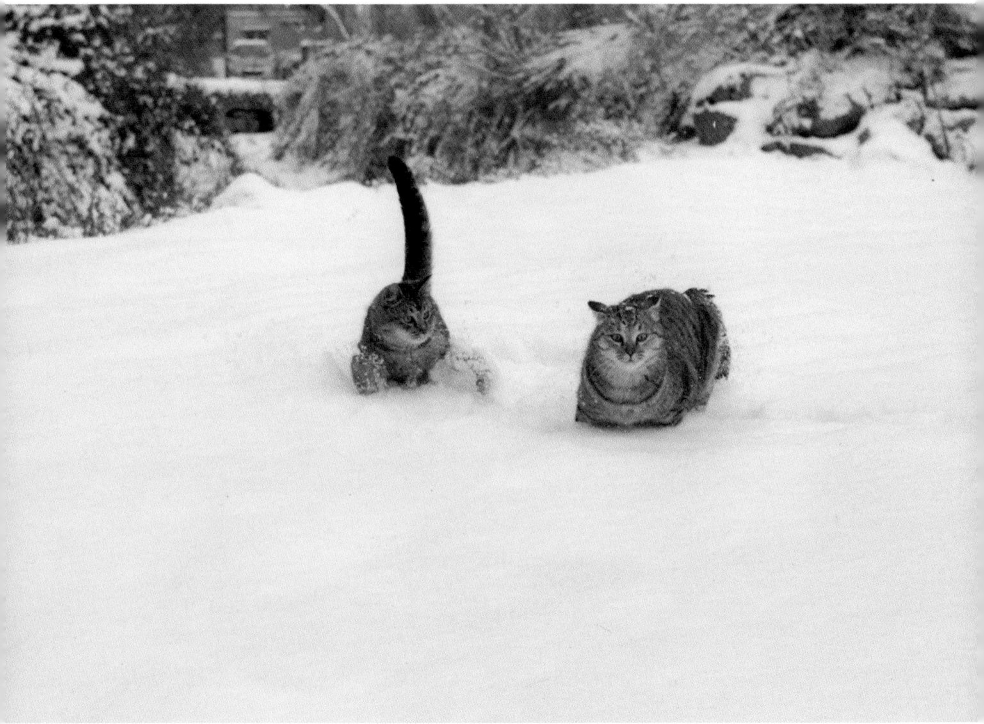

🐾 "냥달리자~♬ 우리는 달려야 해. 바보냥이 될 순 없어. 닥쳐, 닥치고 츄르 내놔~♩♬"

🐾 설원의 결투.

🐾 사냥당한 찍사의 마지막 사진.

5

팔뚝을 갈아 만든 사진

폭설이 내린 어느 날 눈밭에서 뛰어노는 아쿠와 아톰을 촬영하기 위해 문밖을 나설 때였다. 두 녀석의 엄마인 '아비'가 자꾸만 앞에서 갈지자 훼방을 놓는 것이었다. 딴에는 반갑다고 격한 인사를 하는 것인데, 하필 내리막 빙판길을 지나던 차였다. 요리조리 아비를 밟지 않고 피한다는 것이 그만 빙판에 보기 좋게 꽈당했다. 순간 카메라를 떨어뜨리면 안 된다는 생각에 카메라 든 왼팔을 위로 쭉 뻗어보았으나, 팔꿈치를 갈리면서 손목 힘이 빠져 툭 하는 소리가 났다. 카메라를 빙판에 떨어뜨리고 만 것이다. 천만다행으로 렌즈는 필터 부분이 살짝 찌그러졌을 뿐 깨지지는 않았다. 문제는 액정이 빙판에 솟아난 돌멩이에 부딪히면서 금이 가버린 것이다. 그래도 내 팔꿈치를 갈아서 렌즈를 살렸으니 그것으로 위안을 삼을 수밖에. 그 와중에 폭설 속을 뛰어다니는 아쿠와 아톰은 어찌나 사랑스럽던지. 폭설 속을 걸어서 나에게로 걸어오는 아비의 모습은 또 얼마나 아름답던지. 얼얼한 팔뚝을

벌벌 떨면서 기어이 그 모습을 찍었더랬다. 말 그대로 팔뚝을 갈
아 만든 사진인 것이다.

6

눈사람을 본 고양이의 행동

　폭설이 내린 아침, 제설한 눈을 모아 대충 눈사람을 만들었다. 그 모습을 유심히 지켜본 아쿠 녀석, 자기도 눈고양이를 만들겠다며 눈을 뭉치고 굴리기 시작했다. 데크에 앉아 지켜보기만 하던 아톰도 뛰쳐나와 아쿠의 작업에 동참했다. 하지만 아무리 뭉쳐도 안 되겠다 싶었는지 아쿠 녀석, 내가 만든 눈사람 팔을 잡아당기고 넘어뜨려보겠다며 용을 썼다. '만들 수 없다면 부숴버리겠어!' 뭐 그런 건가.

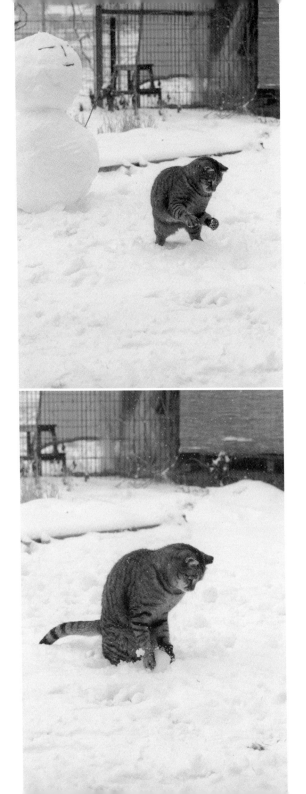

🐾 "나도 눈고양이 만들 거다냥!"

7
뒤돌아보고 또 돌아보고

급식소 가는 길에 뒤처진 친구 끝까지 기다려준 고양이.

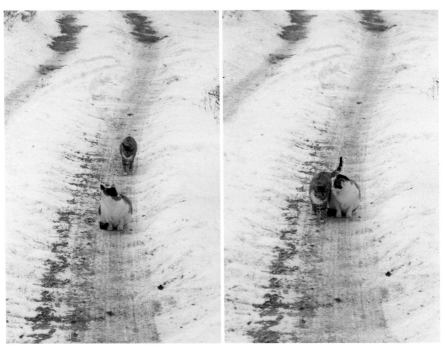

🐾 "아이구. 왜 이리 굼뜬겨? 어여 와~! 늦게 가면 밥 없단 말여!"

8
뽕주댕이

고양이가 이렇게 뽕주댕이를 내밀고 수염을 곤두세운 채 무언가에 집중하고 있으면……

귀엽습니다.

9

고장난 고양이

고객님! 촬영 끝나셨어요.
이제 팔 내리셔도 됩니다.

10

캣타워가 된 냥독대

고양이들이 저마다 장독에 올라가 한바탕 일광욕을 하고 까무룩 낮잠을 잔다. 가끔은 여남은 마리가 하나씩 장독을 차지한 채 각자의 시간을 보내는데, 멀리서 이 광경을 보노라면 그야말로 장관이다. 고양이들이 툭하면 장독을 독차지하는 바람에 '다래나무집'에서는 어느 날부턴가 장독대를 '냥독대'로 부르게 되었다. 이 냥독대야말로 고양이들의 취향에 맞춤한 곳이다. 점프를 하면 쉽게 올라갈 수 있는 적당한 높이에다 햇볕을 받으면 뜨끈하게 온돌 구실을 하는 소래기(장독 뚜껑)까지 그들만의 취향저격인 것이다. 녀석들은 이 자연친화적 캣타워에 올라 엉덩이 찜질을 하고 식빵까지 굽는다.

고양이가 냥독대를 즐겨 찾는 이유 중 미처 생각지 못한 이유도 있다. 장독대 주변에는 자작나무와 벚나무, 감나무가 여러 그루 서 있다. 그리고 이 나무에는 수시로 새들이 날아와 찍찍꼬

🐾 더러 낭독대 고양이 사진이 연출 아니냐는 분들이 있는데. 저도 연출하
고 싶지만 마음대로 안 되네요. 지금 이 사진도 하필 이가 빠진 듯 항아
리 하나를 띄우고 다섯 마리가 앉아서 볼 때마다 아쉽습니다. 저 뒤에 있
는 턱시도를 저 빈 항아리에 앉혔어야 되는데⋯⋯ (이 사진은 인스타그
램에서 가장 좋은 반응을 얻은 사진으로 14만 이상의 좋아요와 1370여
개의 댓글이 달렸다.)

🐾 오묘五猫해서 절묘한 냥독대.

꼬 수다를 떤다. 그럼 또 고양이들은 나무에서 가까운 항아리로 한 마리씩 올라와 그림의 떡인 새를 향해 챠르르 챠컉, 채터링을 한다. 한번은 여덟 마리 고양이가 장독대 맨 앞줄에 일렬로 앉아 새 구경을 하는 멋진 장면을 만난 적도 있다.

오래전 일본의 모 잡지 청탁을 받아 '한국의 고양이들'이란 제목으로 한 꼭지를 실은 적이 있는데, 당시 일본의 독자들이 가장 관심을 보인 것도 냥독대 사진이었다고 한다. 2022년에는 대만의 한 인플루언서가 '세계고양이박람회' 사진전을 기획하면서 이 냥독대 사진을 꼭 전시하고 싶다는 연락을 해왔다. 당시 내가 전시한 10여 점의 사진 중에 가장 반응이 좋았던 것도 역시 냥독대 사진이었다고 한다. 해외의 댓글 반응도 재미있다. 그중에는 저 커다랗고 둥그런 그릇의 용도에 대해 궁금하다는 댓글도 많았고, 정말 특별하고 아름다운 캣타워라는 댓글도 있었다.

🐾 장관이라는 말은 이럴 때 쓰는 말. 고양이가 약속이라도
한 듯 낭독대에 올라 단체 일광욕을 하고 있다.

11

커플석 vs. 솔로석

냥독대 커플석과 솔로석의 차이.

12

폭설 속 냥독대

다래나무집 고양이들에겐 냥독대가 캣타워나 다름없다. 그중
몇몇 고양이는 폭설 속에서도 냥독대에 올라가 굳이 눈을 맞는
고양이도 있다. 엄청 추운 날만 아니라면 녀석들은 냥독대 위에
서 꾸벅꾸벅 졸다가 까무룩 단잠에 빠지기도 한다.

13
대장고양이의 허세

앙고는 세 살이 되면서 다래나무집 대장이었던 오디를 제압하고 왕좌에 오른 뒤 현재까지 최고 존엄의 자리에 앉아 있는 고양이다. 본래 대장 자리라는 게 책임을 지는 자리이기도 해서 녀석은 외부 고양이들의 침입을 막고 다래나무집 고양이들을 보호하는 노릇을 충실히 수행해오고 있다. 아무래도 먹이가 부족한 산골에서 연중무휴 급식소를 운영하는 곳이 이곳밖에 없으니 바깥고양이들에겐 이곳이 '신세계' 같은 곳이었을 게다. 개중에는 산골마을 전체를 호령하는 '빈대떡'이라는 대장고양이가 있었는데, 녀석은 호시탐탐 이곳을 장악하려는 야심을 드러냈다. 7년 전쯤인가. 빈대떡이 처음 다래나무집을 침입하더니 수시로 앙고와 영역싸움을 벌였다. 이후 3년간 앙고와 빈대떡 간의 치열한 '3년 전쟁'이 벌어졌다.

처음 1년은 앙고가 수세에 몰려 빈대떡이 나타나면 한참을 싸

우다 산으로 도망을 치곤했는데, 2년째 접어들면서 백중세를 보이더니 3년째에는 오히려 앙고가 약간 우위를 보이는 것 같았다. 재미있는 건 앙고가 빈대떡에게 우위를 보이면서 오히려 빈대떡의 급식소 이용에 대해 관대해졌다는 것이다. 사실 앙고는 의전을 중시하는 고양이라 누군가 대장 대접을 해주면 한없이 관대해진다. 대장으로서 허세 또한 대단해서 폭설이 내릴 때도 아랑곳없이 영역을 순찰하고, 냥독대에 올라 '이 정도 눈쯤은……' 하면서 눈에 보이는 허세를 부린다. 하지만 사람에게는 또 한없이 다정하고 철없이 행동하는 편이다. 특히 아들과 간식을 챙겨주는 나에게는 모든 권위를 내려놓고 아양을 떤다. 눈에 뻔히 보이는 행동이지만, 그 모습이 또 귀엽고 든든하기만 한 것이다.

14
냥독대 물 마시는 법

　고양이들은 유독 장독소래기에 고인 '감로수'를 좋아한다. 밥그릇 옆에 물을 떠놓아도 꼭 이 물을 찾곤 한다. 한겨울에도 고양이들은 눈이 녹기를 기다렸다가 이른바 '납설수臘雪水'(눈 녹은 물)를 마시러 장독에 오르곤 한다. 그런데 참 이해할 수 없는 한 가지는 고양이들이 냥독대에서 물을 마실 때 앞발과 뒷발을 각기 다른 항아리에 두고 허리를 길게 뻗어 물을 마신다는 것이다. 인간의 눈에는 이 자세가 꽤나 불편할 것 같은데, 녀석들의 생각은 다른 모양이다.

🐾 냥독대에선 다 이렇게 마셔요.

15
추돌사고

마당에서 일어난 추돌사고 현장에 나와 있습니다.

뒷냥이는 급정거로 인한 추돌로, 앞냥이는 안전거리 미확보를 주장하며 서로 실랑이를 벌이다 난투극까지 발생했는데요.

제가 볼 땐 쌍방과실 같아 보이니 그냥 사이좋게 합의하고 밥이나 먹으러 갑시다.

16

자체발광

폭설 속에서도 빛나는
자체발광 삼색이, 맹자.

17
단발머리 소녀의 비밀

　뒤늦게 이 소녀의 정체가 밝혀졌다. 전원 고양이 사료 후원을 갔다가 이 녀석을 다시 만났는데, 겨우내 털과 살이 쪄서 그런지 더이상 청순한 외모가 아니었다. 게다가 녀석이 전원 고양이 산둥이에게 달려가는 모습을 보곤 잠시 할 말을 잃었다. 엉덩이 쪽에서 튼실한 무언가를 달랑달랑 흔들며 달려가고 있는 게 아닌가. 단발머리가 아니라 구레나룻이었던 것이냐?

🐾 문 앞에 이런 단발머리 소녀가 서 있었다.

18
나무 위 요정들

2호점 전원 고양이들에게 나무 타기는 특별할 것도 없는 일상이다. 이곳에는 마당 한가운데 감나무가 한 그루, 담을 따라 벚나무와 단풍나무가 여러 그루 서 있었는데, 고양이들은 특히 감나무를 좋아했다. 녀석들의 나무 타는 솜씨가 어느 정도인가 하면, 거의 땅에서 질주하듯 순식간에 나무 밑동에서부터 꼭대기까지 올라가는 수준이다. 더러 고양이 세계에서 나무에 올라가 못 내려오는 녀석들도 있다지만 여기선 쓸데없는 걱정이다. 나뭇가지에 걸터앉아 명상을 즐기거나 자유자재로 가지 사이를 옮겨다니는 고양이도 있다.

현관을 열고 나온 전원주택 할머니는 녀석들이 기특하다는 듯 껄껄 웃었다. "저 녀석들이 칭찬을 하면 더 잘 놀아." 그러면서 할머니는 "아이구 잘 노네. 아이구 나무도 잘 타네!" 하면서 고양이를 응원했다. 여느 사람 같았으면 멀쩡한 감나무 상처낸다고 고양이를 혼냈을지도 모른다. 하지만 할머니는 오히려 그런 녀석들을 대견스러워했다. "얘네들이 나무를 얼마나 잘 타는지 몰라요. 한번은 여섯 마린가 일곱 마리가 한꺼번에 저 나무에 올라가 주렁주렁 매달린 적도 있어."

🐾 보고만 있어도 안구가 정화된다. 나무에 인형이 매달려 있는 줄.

🐾 나무는 올라가는 것이지 구경하는 게 아니야!

😺 혹시 냥바오세요?

19
격렬한 눈인사

    땅콩소년단 일원인 크림이가 캔따개 왔다며 환영인사를 보내는데, 눈이 안 보여! 눈 어디 갔니? 이렇게 격렬한 눈인사라면 그저 감사합니다.

20
아련한 눈빛

어쩌다 고양이를 만나 여기까지 왔다. 돌아보면 아득하다. 맨처음 고양이와 눈을 맞출 때만 해도 몰랐다. 뭔가에 홀린 듯 사료 봉지를 들고 몽유병처럼 고양이를 찾아 헤매게 될 줄은. 길에 떨어진 검은 비닐봉지를 고양이로 착각해 쭈쭈쭈쭙, 하고 부르게 될 줄은. 아이고 내 팔자야 하면서 '츄리닝'에 묻은 고양이털을 떼어내는 것으로 하루를 시작하게 될 줄은. 오늘도 똥삽을 들고 감자를 캐는 사철 헐벗은 농부가 되어 있을 줄은.

내가 고양이 세계에 첫발을 들여놓은 것은 2007년이다. 올해로 캣대디 생활 18년 차인 셈이다. 사진 속 이 아이는 2008년에 만난 노랑새댁네 아이 중 '휴지냥'이다. 먹을 게 없어 치킨 기름이 묻은 휴지를 먹고 있던 아이. 이후로 나는 노랑새댁네 식구들에게 사료를 배달하기 시작했고, 녀석들은 나에게 언제나 멋진 표정과 자세로 배달의 기쁨을 선사했다. 이 사진은 한국의 첫 고양이 영화였던 〈고양이춤〉(2011)의 포스터로도 사용되었는데, 당시

🐾 고양이는 기다립니다. 어려서는 엄마를. 조금 더 커서는 사료를. 나이가 들어서는 거의 모든 것을 기다립니다. 당신이 풀죽은 모습으로 걸어오는 슬픈 발자국까지도.

나는 시나리오와 사진, 목소리로도 영화에 참여했다. SNS에서도 반응이 나쁘지 않아서 11만이 넘는 좋아요를 기록했고, 특히 게시글에 달린 댓글 중 상당수가 해외에서 달렸을 만큼 글로벌한 인기를 누렸던 사진이다. 아무래도 벽에 살짝 기댄 녀석의 포즈와 아련한 눈빛이 사람들의 마음을 움직였던 것 같다.

21
가족사진의 정석

시골 읍내 사진관에 걸린 흔한 가족사진처럼 노랑이네 가족을 찍어보았다. 삼각구도에 부동자세, 전면응시까지 분위기 어색하고 참 좋았다.

22
공중목욕탕

　고양이가 얼마나 유연한가를 보려면 그루밍을 할 때 보면 안 된다. 인간의 요가자세보다 난도가 높은 것은 말할 것도 없다. 사실 고양이는 하루의 3분의 2를 잠으로 보내는데, 깨어 있는 순간의 상당한 시간을 또 그루밍으로 보낸다. 흔히 우리는 그루밍을 고양이 세수쯤으로 생각하지만, 그렇게 단순하지만은 않다. 소셜 그루밍, 즉 친목을 위해 상대방의 몸을 핥아주는 경우도 흔하기 때문이다.

　혼자서 그루밍을 하더라도 마당고양이처럼 공동체 생활을 하는 고양이들은 한곳에 모여 단체로 그루밍을 하는 경우도 많다. 이때 발견할 수 있는 흥미로운 점은, 어느 순간 희한하게 그루밍하는 동작과 타이밍이 일치하고 있음을 보게 되는 것이다. 이건 우연의 일치라기보다는 서로 자연스럽게 보조와 박자를 맞추고 있다는 느낌적 느낌. 그루밍이 끝나면 녀석들은 저마다 같은 자리에 눌러앉아 앙냥냥 재잘재잘 수다를 떤다. 아마도 동네의 핫한 뉴스를 주고받거나 중요한 정보를 교환하는 게 틀림없다. 마치 공중목욕탕이나 찜질방에서 한바탕 사우나를 하고 둘러앉아 식혜를 마시면서 수다를 떠는 인간계의 친목과 다를 게 없다.

🐾 우리는 그루밍의 역사적 사명을 띠고 이 땅에 태어났다.

23

턱시도 단추의 중요성

냥이계의 신사, 턱시도는 언제 봐도 매력적이다. 단추를 잠가
도, 단추가 풀려도 상관없다. 조선시대에는 이런 턱시도를 까치고
양이라 불렀다는데, 정말 친근감이 느껴지는 적절한 표현이다.

🐾 고객님! 턱시도 단추 풀리셨어요.

❀ 고객님! 턱시도가 정말 근사해요. 빨간 나비넥타이
　　(코밑에도 나비넥타이가)에 양말까지 완벽해요.

24
한강 고양이

　얼마 전까지 한강 고양이 챌린지가 유행했다. 뉴스에서 얼어 붙은 한강 고양이를 소개한 것이 '밈'으로 퍼져 유명 연예인까지 SNS 챌린지에 참여할 정도였다. 이 사진은 남한강과 북한강이 비로소 한강으로 합쳐지는 두물머리에서 만난 실사판 한강 고양 이다. 녀석은 가끔 얼어붙은 한강 위에서 미끄럼을 타며 놀곤 했 다. 가만 보니 녀석은 빙판 위에 떨어진 돌멩이나 얼음조각으로 드리블을 하며 수십 미터를 달려갔다가 돌아오기를 반복했다. 한 번은 피겨를 하듯 우아하게 얼음판 위를 미끄러지다가 우당탕탕 엉덩방아를 찧었다. 당연히 나는 녀석이 민망해할까봐 모른 척해 주었다.

　이 녀석은 사실 근처 카페에서 밥을 주는 고양이다. 빙판에서 놀던 녀석이 갑자기 땅으로 올라와 어디론가 달려가기에 따라가 봤더니 강변의 작은 카페였다. 녀석의 정체가 궁금해 나도 카페로 들어가 커피를 주문했다. "혹시 이쪽으로 고양이 한 마리 오지 않았나요?" 카페 주인장은 웃으며 대답했다. "지금 제 뒤에서 밥 먹고 있잖아요." 까치발을 하고 카페 주방을 들여다보자 녀석은 오독오독 거기서 사료를 씹고 있었다. "아, 여기 카페 고양이인가봐요?" "예. 작년 가을에 왔다고, 이름도 가을이에요." 어쩐지 녀석은 사진을 찍는 나를 별로 경계하지 않았던 것 같다. "이 녀석, 얼음도 잘 타던데요?" "얼음을 타던가요? 정말요? 아, 그건 저도 못 봤어요." 주인장도 몰랐던 사실을 나는 슬쩍 알려주었다. 잠시 후 가을이는 카페 안을 기웃거리더니 해가 잘 드는 자리에 가 앉았다. "저기가 저 녀석 지정석이에요." 녀석은 배도 불렀겠다, 느긋하게 햇볕을 쬐며 그루밍을 시작했다.

🐾 꽁꽁 얼어붙은 한강 위로 고양이가 걸어댕겨유.
  아휴. 저기를 왜 걸어댕긴대유.

25
눈 먹는 고양이

급식소 물도 얼어붙고 개울과 마당의 수도까지 얼어붙은 한 겨울, 눈은 길고양이에게 생명수나 다름없다. 눈이 없을 땐 얼음을 녹여 먹기도 하지만, 자칫 꽁꽁 얼어붙은 얼음에 고양이는 혀를 다치기도 한다. 때문에 경험 많은 베테랑 고양이들은 얼음 대신 이렇게 눈을 녹여 먹는다. 얼음보다 먹기도 수월하고, 혀를 다칠 염려도 없다. 과거 눈고양이의 원조 봉달이는 눈밭에서 한참을 질주하다 목이 마르면 곧잘 고개를 파묻고 눈을 녹여 먹곤 했다. 눈 먹는 길고양이를 보면 안쓰럽고 짠하기도 하지만, 코와 주둥이에 잔뜩 눈을 묻혀가며 '눈먹'하는 모습은 또 어찌 이리도 귀여운지 모르겠다.

🐾 레리꼬~! 눈의 여왕 나가신다.

🐾 엘사의 위협적인 꼬리팡. 이게 왜 위협적이냐면,
  '귀여움으로 널 죽이겠다'는 엄청 무서운 전략인 거임.

26
눈의 여왕

'엘사'라는 애칭이 붙은 눈의 여왕 고양이다. 녀석이 걸음을 옮길 때마다 눈꽃이 날리고 얼음기둥이 솟아오를 것만 같다. 하지만 우아하고 도도한 자태와 달리 걸음걸이는 다소 산만하고 지지부진하다. 겁도 겁나 많아서 주변에서 새가 울기만 해도 꼬리털을 바짝 세운다. 저멀리 낯선 고양이라도 보일라치면 온몸에 털이 부숭하게 부풀어 꼬리털로 눈을 쓸어도 될 지경이다.

27
숲의 요정

　역전 숲이 영역인 '여기'는 가끔 눈의 여왕 엘사로 오해받곤 하는데, 두 녀석이 사는 곳은 4킬로미터 이상 떨어진 완전히 다른 영역이다. 비슷한 점이 있다면 엘사만큼 미모가 출중하다는 것.

🐾 비밀의 숲에서 숲의 요정을 만났다.

28

고양이 발도장

눈이 내리면 고양이가 걸어간 자리마다 꽃이 핀다. 눈 위에 찍힌 고양이 발도장. 가끔 나는 그런 생각을 한다. 이 발자국을 따라가면 그 끝에 고양이라는 슬픔 한 마리가 웅크리고 있을 거라고.

❀ 너에게 가는 길. ❀ 고양이가 머물다 간 냥독대에 꽃이 피었다.
눈 속에서만 피어나는 설묘화.

29
냥떼구름

　바다가 애잔한 해안길을 걷다가 한 무리의 냥떼구름을 만났다.
도무지 분간이 가지 않을 정도로 똑같이 생긴 고양이 여덟 마리
가 지붕에 올라 일광욕을 하고 있었던 것이다. 지붕 위에 내려앉
은 냥떼구름. 모두 하얀색 고양이였고, 귓가에 혹은 꼬리에 살짝
살짝 노랑무늬가 섞여 있는 고양이들이었다. 한눈에 보기에도 가
족으로 보이는 무리였다. 그 모습이 신기해 연신 셔터를 누르는
데, 드르륵 문이 열렸다. 보리밥을 파는 식당이었다. 주인장에 따
르면 이곳의 고양이들은 모두 식당에서 밥을 주며 보살피는 길고
양이라고 했다. 오래전 식당 공사할 무렵 배가 고파 주저앉은 고
양이에게 밥을 준 인연이 오늘에 이르렀다는 것이다. "얘네들 아
빠가 약간 흰색이었어요. 엄마는 삼색이. 그 사이에 태어난 애들
이 신기하게도 다 저렇더라구요." 동네 고양이들에게 인심을 베
푸는 식당. 어쩐지 고양이들이 하나같이 여유가 넘치고 건강하다
했더니 그만한 보살핌의 손길이 있었던 거다.

🐾 지붕 위의 냥떼구름.

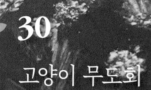 **30**

고양이 무도회

인스타그램에서 무려 12만의 좋아요와 1300여 개의 댓글이 달린 사진이다. 댓글에서 짜증난다, 스크래치가 나면 화날 것 같다는 의견도 있었지만 많은 사람들이 귀엽다, 부럽다는 의외의 반응을 보였다.

🐾 간밤에 차 위에서 고양이 무도회가 있었던 모양이다. 발자국이 너무 귀여워 비 올 때까지 세차하지 말고 간직해야지.

31

엄마 기다려요

그곳이 어디든, 엄마는 반드시 옵니다.

🐾 "엄마가 여기서 꼼짝 말고 기다리랬어요."

2부

___

봄

32

냥발굽 소리 지축을 흔들며

고양이는 불러도 오지 않는다 했던가. 하지만 아톰과 아쿠는 천지사방 돌아다니다가도 "아쿠, 아톰 밥 먹자!" 하면서 박수를 짝짝짝 치면 우다다 냥발굽 소리 지축을 흔들며 번개같이 달려 온다. 이때는 거의 발이 땅에 닿는 것보다 공중에 떠 있는 시간 이 더 많아서 아무리 작정하고 사진을 찍어도 번번이 초점이 나 가곤 한다. 논둑길에 흐드러진 민들레와 '휘날리는' 아톰과 아쿠. 순전히 이번에는 운이 좋아서 보고 있으면 기분이 좋아지는 사진 을 한 장 건졌다.

33

오디에게 꽃놀이

  길에서 구조된 후 다래나무집(처가)에서 자란 오디는 얼마간 이 영역의 대장 노릇을 했다. 산중의 오합지졸 속에서 대장이랍시고 해봤자 크게 위엄을 내세울 일도 없지만 천성적으로 녀석은 온순하고 다정한 편이었다. 오디에겐 다른 고양이에게 없는 특별한 능력이 하나 있었는데, 몸 위에 무엇을 올려놓아도 한동안 가만히 있다는 것이다. 사실 녀석의 재능을 발견한 건 알고 지낸 지 2년도 훨씬 지나서였는데, 우연히 벚나무 아래 떨어진 벚꽃을 녀석의 이마에 올리자 미동도 하지 않고 부동자세를 취하는 거였다. 열심히 꽃잎을 모아 여기저기 올려놓아도 마찬가지였다.

  이후 나는 민들레며 능소화, 코스모스 등을 오디의 몸에 올려놓고 꽃놀이를 즐기곤 했다. 사실 꽃놀이를 즐기는 건 인간의 몫일 뿐, 녀석이 그것을 즐겼을 리 만무하다. 어쩌면 녀석은 위험한 도로에서 자신을 구조해 다래나무집으로 데려온 은인에게 그렇게라도 보은을 하고 싶었는지 모른다. 아니면 이럴 줄 알았으면 재능을 숨길 걸 그랬다고 속으로 후회할지도.

🐾 "오늘도 내가 참는다. 나무아미타불 냥세음보살!"

34

청순 고양이

민들레꽃 귀에 꽂고 청순 고양이로 변신……
은 무슨, 표정이 떨떠름하다.

35
하수구의 봄

약 5개월간 하수구 고양이를 촬영한 적이 있다. 1년 넘게 밥을 준 꼬미네 가족이 하수구로 거처를 옮기면서 시작된 프로젝트였다. 우리가 생각하는 것과 달리 하수구라는 공간은 고양이들에게 제법 아늑하고 안전한 장소였다. 고양이들은 그 안에서 멀뚱멀뚱 앉아 있다가 그루밍을 하고 낮잠을 자고, 식빵 굽는 자세로 구멍 입구에 앉아 있다가 생각난 듯 하천으로 뛰어내려 시원한 개울물로 목을 축이고 왔다. 추위까지 다 막을 수는 없어도 하수구가 눈보라와 찬바람을 막아준 덕택에 꼬미네 가족은 그곳에서 무사히 겨울도 났다. 세상 가장 어두운 곳에서 가장 밝게 빛나는 별들이 그곳에 있었다.

하지만 꼬미네 가족의 하수구 생활은 그리 오래가지 않았다. 어느 봄날 대대적인 하천정비 사업이 시작되면서 굴삭기가 여러 대 하수구 앞을 파헤치기 시작한 것이다. 1개월 넘게 공사가 진

행되면서 결국 꼬미네 가족은 이 정든 곳을 떠날 수밖에 없었다. 인간의 눈을 피해 고양이들은 선택의 여지 없이 이곳까지 밀려왔지만, 밀려온 곳이 도리어 그들만의 샹그릴라였지만, 또다시 녀석들은 인간을 피해 또다른 곳으로 쫓겨나고 말았다.

🐾막장 같은 묘생의 하수구에도 봄이 와서 노란 꽃다지가 피었다. 고양이의 봄날도 그렇게 활짝 피어나기를.

36
이 소란한 평화

봄은 고양이의 계절이라 했던가. 확실히 봄날의 고양이들은 활기에 넘친다. 특히 묘생 첫봄을 맞은 고양이들은 그야말로 이때가 질풍노도의 시기다. 화단에 나비만 한 마리 앉았다 가도 고양이 마당은 한바탕 난리가 난다. 그렇잖아도 몸이 근질근질하던 녀석들은 옆에서 바스락 소리만 내도 서로 시비를 걸고 멱살잡이를 한다. 한번 싸움 장난에 불이 붙기 시작하면 이 불길은 걷잡을 수 없이 번져나간다. 두 녀석이 치고받고 넘어뜨리고 물고 물리고 쫓고 쫓기는 것은 그렇다 치고 전혀 상관없는 녀석들까지 싸움에 끼어든다.

일대일 싸움이 패싸움으로 번지는 건 시간문제다. 누가 누구와 싸움을 하는지도 알 수가 없다. 결국 대여섯 마리가 서로 뒤엉켜서 치고받고 날아오르고, 그런 난리가 없다. 전략과 전술도 없이 그냥 무턱대고 덤벼들고 뛰어오른다. 이 녀석들의 놀이에는 온

갖 싸움의 기술이 총동원된다. 쿵푸와 태권도는 물론 유도와 씨름, 레슬링과 마구잡이 싸움까지. 심지어 녀석들은 마당이 좁다고 나무 울타리를 뛰어넘어 언덕까지 달리기를 한다. 하지만 이 와중에도 산전수전 다 겪은 뒷방 늙은이들은 그저 심드렁하다. 오히려 옆에서 투덕거리는 소리가 귀찮다는 듯 귀를 닫고 아예 잠들어버린 고양이도 있다. 아, 이 소란한 평화!

😺 봄이 그렇게도 좋냐. 이 냥아치들아!

😺 "나는 이런 병맛 B급 빙구미 물씬한 장르가 좋다냥!"

37

노랑노랑 꽃밭을 건너

　일본의 고양이섬 사나기지마에서 만난 노랑 꽃밭이다. 꽃밭 언저리 그늘에서 잠시 쉬고 있는데, 방파제와 해변에 있던 고양이들이 하나둘 노랑 꽃밭을 건너왔다. 모두 네 마리였는데, 녀석들은 약속이라도 한 듯 꽃밭을 건너 골목길로 들어서는 거였다. 무슨 일인가 싶어 그들의 뒤를 따라가보니 꽃밭에서 30미터 남짓 떨어진 구멍가게 앞이었다. 가게 앞에는 여기저기서 모여든 고양이들로 이미 문전성시를 이루었다. 그리고 잠시 후 가게문이 열리면서 할머니 한 분이 사료를 가지고 나왔다. 알고 보니 이 구멍가게는 사나기지마의 유일한 가게이자 고양이 밀도가 가장 높은 급식소였다. 그러니까 조금 전 노랑 꽃밭을 건너온 고양이들의 최종 목적지가 바로 여기였던 셈이다.

🐾 노랑노랑 꽃밭을 건너면 할머니 손맛이 끝내주는 식당이 나와요.

38
도화춘묘도桃花春猫圖

나와 함께 시골살이중인 아쿠와 아톰은 마당의 복숭아나무를 캣타워처럼 애용한다. 특히 복사꽃이 필 때면 더욱 자주 복숭아나무를 오르내린다. 아마도 꽃 사이를 날아다니는 벌과 나비가 녀석들을 부추기는 듯하다. 꽃과 고양이가 어울린 풍경은 언제나 아름답지만, 구름이 잔뜩 끼어 흐린 날에도 복숭아나무에 올라앉은 고양이는 제법 운치가 있다. 채도가 내려간 꽃과 고양이와 하늘의 여백이 어울려 마치 한지에 수묵채색화를 그려놓은 것 같다.

🐾 한지에 수묵채색화 느낌. 도화춘묘도 뭐 그런.

39

벚꽃 에디션

체리블라썸 리미티드 에디션.

40

봄을 느껴 봄

복숭아나무 아래서 봄을 느껴 봄.

41

억울한 고양이

요 녀석 자기는 늦게 와서 못 먹었다고, 고양이적으로 늦게 온 냥이도 챙겨주고 가는 게 도리 아니냐고, 어귀까지 따라오며 막 억울함을 호소합니다.

🐾 뭐지? 녀석이 무슨 말 하는지 다 알아듣겠어!

42

도랑 아깽이

내가 '또랑이'라 이름 붙인 고양이는 도랑의 배수구를 은신처이지 육아공간으로 삼았다. 또랑이네 아이들에겐 도랑의 공터가 놀이터였고, 우거진 수풀이 잠자리였다. 아직은 어려서 급식소 나들이를 올 수 없는 아이들을 위해 나는 손수 경단밥을 만들어 배달을 다니곤 했는데, 아이들 뱃구레가 커지면서 한식경에 음식이 동이 나곤 했다. 얼마간 이어지던 배달 서비스가 중단된 건 초여름에 쏟아진 기습폭우 때문이었다. 집중호우로 도랑물이 범람하자 또랑이는 아이들을 데리고 어디론가 피신을 가버렸다. 이 아이들이 다시 내 앞에 모습을 드러낸 건 거의 한 달쯤 지나서였다. 또랑이가 조랑조랑 아이들을 이끌고 급식소 나들이를 시작한 것이다. 이후 도랑에서 천방지축 뛰어놀던 아이들은 우리집 마당을 야단법석 난장판으로 만들어버렸다.

43
말 안 듣는 나이

아깽이도 꼬물이 시절이 지나면 좀 컸다고 엄마 말 안 듣기 시작한다. 엄마가 빨리 오라고 한참을 불러도 "아, 왜?" 하면서 딴짓 할 거 다 하고 온다.

44
더 놀고 싶은데

"이눔시키! 하루종일 놀기나 하고. 밥 먹으라 불러도 안 오고.
퍼뜩 집에 안 가?"

"응, 안 가! 더 놀 거야."

"으이구, 커서 뭐 될래?"

결국 엄마에게 강제귀가당하는 아깽이.

🐾 아. 사람이나 고양이나 애 키우는 건 정말 힘들어!

45
이런 게 평화

육아중인 엄마는 팔이 열 개가 있어도 모자라죠. 보채고 우는 아이들을 어르고 달래 재우고 나면 엄마는 녹초가 됩니다. 그렇게 아이들을 재우고 나면 수명이 몇 년은 짧아진 것 같죠. 잠든 아이들을 보며 엄마는 말합니다. 아이들은 잠이 들었을 때만 천사라고. 그래도 다행입니다. 아깽이는 하루 18시간 이상 자니까, 최소 18시간은 천사라는 거잖아요.

🐾 평화라는 게 있다면 바로 이런 게 아닐까.

46

먹다 지쳐

먹다 지쳐 잠이 들었다.

47

지붕 위 회색 아깽이

지붕 위 회색 솜털 아이의 옆에 있는 회색냥이는 사실 엄마가 아니라 아빠다. 아깽이는 부인할 수 없을 정도로 아빠를 쏙 빼닮았다. 그래서일까. 아빠는 자신을 닮은 아기를 보려고 가끔씩 지붕을 오르는데, 그때마다 엄마인 얼룩이는 야박하고 매몰차게 아빠를 내쫓곤 했다. 엄마 입장에서는 아빠가 자식의 귀여움만 누릴 줄 알았지, 육아는 뒷전이라 여겼을 테다. 엄마는 양육비도 안 대고 자기 자식만 슬쩍 만나고 가는 아빠가 못마땅할 수밖에 없었던 것이다.

48

어리광

엄마 앞에선 모든 아이가 맘놓고 어리광을 부립니다.

🐾 "오구오구 내 새꾸!"

49

저마다 한 마리씩 물고기를 물고

고양이섬 다시로지마에서 매일같이 펼쳐지는 진풍경. 어부들이 던져주는 물고기를 물고 가는 고양이들. 대체로 서열이 높은 고양이들이 앉은자리에서 물고기를 먹는 반면 상대적으로 약한 고양이들은 물고기를 물고 자신만의 은밀한 장소로 이동한다. 다시로지마에서는 워낙 어부들의 인심이 좋아서 대략 고양이 한 마리당 네댓 마리의 물고기는 기본으로 얻어먹는다. 일본에 알려진 고양이섬은 많지만, 이렇게 많은 고양이들이 다툼 없이 물고기를 얻어가는 곳은 다시로지마가 거의 유일할 것이다. 사실 내가 다시로지마에서 가장 보고 싶었던 풍경도 바로 이것이다. 고양이들이 저마다 한 마리씩 물고기를 물고 가는 풍경.

50
함부로 냥줍하지 마세요

해마다 오뉴월이 되면 아깽이들이 거리로 나와 돌아다니기 시작합니다. 이렇게 아깽이 대란이 시작되면 SNS에서는 하루에도 몇 번씩 냥줍 사진이 올라오고, 전국의 보호소마다 아깽이 입양 공고가 올라옵니다. 제발 길에서 아깽이 운다고 불쌍한 마음에 덜컥 구조해 보호소 보내지 마세요. 어미는 아이를 위해 먹이를 구하러 간 것이고, 늦더라도 반드시 돌아옵니다. 더러 이소(새로운 둥지로 아깽이를 옮기는 것)를 하는 과정에서 따로 떨어진 아깽이가 울고 있을 수도 있습니다. 심하게 다쳐서 구조가 시급한 아이가 아니라면 최소 하루 정도는 지켜본 뒤, 구조를 결정해도 늦지 않습니다.

엄마 고양이만큼 아깽이를 잘 키우는 보호자는 없습니다. 아깽이의 목숨과 미래를 평생 책임질 수 없다면, 냥줍이란 이름으로, 구조란 명목으로 데려가지 마세요. 자신이 키우겠다고 데려간

사람조차 부모나 배우자의 반대 혹은 털 날림, 알러지 등의 이유로 유기되는 경우가 많습니다. 책임감 없이 지역 보호소로 보낸 고양이는 입양도 안 될뿐더러 대부분 안락사당하거나 스트레스와 전염병으로 죽고 맙니다. 우리나라 지자체에서 운영하는 보호소라는 곳은 결코 고양이를 보호하는 곳이 아닙니다. 끝까지 책임지지 않는 냥줍은 또다른 유괴이고 학대일 뿐입니다.

51
시치미 뚝

입술 아래 츄르가 묻어 있어 증거인멸엔 실패했지만, 귀여워서 닭가슴살 투척함.

🐾 방금 다른 사람이 내민 츄르 하나 다 먹어놓고 시치미 뚝. 나한테 간절한 눈빛을 보낸다.

52

노안

아무래도 안경을 새로 맞춰야 할 것 같다.

🐾 벌써 노안이 왔나? 고양이가 자꾸 세 마리로 보여.

53
아깽이 신발

신상 아깽이 신발을 장만했는데, 어떠냐옹?

3부
—
여름

54

고양이 우산 씌워줬더니

고양이 비 맞지 말라고 우산 씌워줬더니 저러고 있다.

55
너무 짧은 지구 생활

이 아이가 지구에 머문 시간 약 3개월 반.

텃밭을 파헤쳤다는 이유로 누군가 쥐약을 놓아 이 아이는 아득한 별이 되었습니다.

🐾 꽁치 배달 갑니다.

56
꽁치 배달부

어미고양이 여울이가 개울집 부엌으로 들어가더니 무언가를 입에 물고 나온다. 캣맘이 구워서 내놓은 꽁치다. 발걸음도 경쾌하게 여울이는 새끼들에게 꽁치 배달을 간다.

57

무서워

여러분!
고양이가 이렇게 무서운 동물입니다.

58

아깽이의 첫 외출

아깽이가 사뿐사뿐 지구를 밟으며 걸어갑니다. 녀석이 걸어간
만큼 지구가 부풉니다. 언제까지 품안의 자식으로 살 수만은 없
어요. 아깽이 시절이 끝난다는 건 엄마 곁을 떠난다는 것이고, 스
스로 묘생을 책임진다는 것이죠.

❤ 엄마만 옆에 있음 호랑이도 무섭지 않다옹!

❤ 아깽이의 첫 외출.

59
심장폭행범

이 많은 아이들을 낙오 없이 살뜰하게 보살피고, 건강하게 키워낸 '모든' 엄마에게 뜨거운 박수를 보냅니다.

인간의 심장을 폭행하러 이 세상에 왔다.

60
잘 좀 부탁합니다

급식소에 새끼 데리고 인사시키러 온 고양이.

🐾 "우리 애가 숫기가 없어서."

61

알 수 없는 고양이 세계

오구오구 내 새꾸……는 아니고, 요 꼬물이의 엄마는 원래 왼
쪽의 고등어인데, 흰둥이 녀석이 툭하면 고등어네 새끼들을 물어
다 자신의 둥지로 데려간다는군요. 고등어 엄마가 잠시만 자리를
비우면 아이들이 사라져서 흰둥이네 집에 가서 아이들 데려오는
게 이 엄마의 하루 일과라고 합니다. 3호점 노랑대문집 캣대디에
따르면 이 흰둥이가 새끼 욕심이 많아서 남의 집 새끼들을 자꾸
허락도 없이 집으로 데려오는 거라고 하네요. 이렇게 데려와서는
막상 새끼들 엄마가 찾아와 '내 아이들 좀 데려가겠소' 하면 또
군말 없이 내어준다고. 당최 이게 무슨 상황인지. 그냥 고등어 엄
마 동의 없이 자기 맘대로 공동육아를 하는 건지, 냥이판 냥줍인
건지. 참으로 알 수 없는 고양이 세계입니다.

62

그릇 집착묘

점례는 아깽이 때부터 사료그릇에 애착이 많았다. 처음에는 사료가 떨어졌으니 얼른 밥그릇을 채우라는 시위인 줄 알았는데, 나중에 보니 남은 사료를 밖으로 밀어내고 그릇에 들어가 둥지를 틀듯 들어가 있는 게 아닌가. 그렇게 점례는 밥그릇과 함께 성묘가 되었다.

🐾 밥그릇과 함께 성묘가 된 점례.

63

고양이 계단

다래나무집에 가면 고양이 계단이 있다. 여기가 왜 고양이 계단이냐 하면, 계단 양쪽에 주목이 한 그루씩 있어서 이곳의 고양이들은 자주 계단에 진을 치고 주목을 오르내리는 녀석들을 구경한다. 주로 어린 고양이들이 주목에서 숨바꼭질을 즐기며, 배턴터치 하는 녀석들도 대부분은 어린 고양이들이다.

64
능소화 꽃장식

한때 능소화 꽃가루에 독성이 있고, 꽃가루가 갈고리형이라 실명 위험이 있다는 가짜 뉴스가 떠돌았는데, 산림청 국립수목원 연구에 따르면 능소화 꽃이나 꽃가루에는 독성이 없을뿐더러 꽃가루도 그물형이라 안전한 것으로 밝혀졌다.

🐾 너는 나에게로 와서 꽃이 되었다.

65
너무 졸렸던 고양이

지금은 너무 졸린데, 사진은 다음에 찍으면 안 될까요?

66

고양이 분신술

수리수리 묘수리 얍~!

67

파이아이 vs. 오드아이

양쪽 홍채의 색깔이 서로 다른 오드아이odd eye는 주로 터키시 품종묘(주로 흰냥이)에서 많이 볼 수 있다. 과거 터키를 여행할 때 정작 흔한 흰냥이 오드아이는 못 보고, 올블랙 오드아이를 만난 적이 있다. 올블랙 오드아이는 터키에서도 극히 드물어 현지인도 만나기 쉽지 않은 거라고 했다. 그렇게 만나기 어려운 올블랙 오드아이를 여행 이틀째 만난 나는 극히 운이 좋았던 셈이다.

애묘인들에게도 생소한 파이아이 고양이도 있다. 한 눈동자가 파이조각처럼 두 가지 색으로 나뉜 경우를 파이아이pie eye라고 한다. 양쪽 눈이 모두 파이아이인 경우도 있고, 한쪽만 파이아이인 경우도 있으며, 두 가지 색이 세로로 나뉜 파이아이와 가로로 나뉜 파이아이도 있다고 한다. 일본 고양이섬을 여행할 때 파이아이 고양이를 만난 적이 있다. 그때만 해도 파이아이란 고양이가 있다는 사실조차 몰랐을 때다. 눈이 참 특이하다 생각하며 사진을 찍었더니 파이아이였던 것이다.

🐾 터키에서도 극히 드문 올블랙 오드아이.

✿ 길에서 만난 파이아이 고양이.

❀ 흰색 터키시 고양이에게
주로 볼 수 있는 오드아이.

68

부담스러운 눈빛

고양이가 앞길을 가로막고 이렇게 막 부담스러운 눈빛으로 쳐
다보면……

귀엽습니다.

69

간식털이냥

어디서 짜장 곱빼기로 얻어먹은 것 같은 아이가 이렇게 길을
막고 간식털이에 나서면……

귀엽습니다.

❀ 나의 필살기 눈웃음 공격을 받아라냥.

4부
———
가을

70
이 귀여움이라도

온갖 비난과 욕설 속에서도 변함없이 지켜주셔서 고맙습니다.

🐾 사료와 사랑을 주셨으니 드릴 건 없고, 이 귀여움이라도……

71
아깽이 단체사진

혹시 한 마리라도 이탈이 있을까봐, 숨도 안 쉬고 셔터를 눌렀다. 그 적막 속에서 셔터소리가 무슨 총소리만큼이나 크게 들렸다. 다행히 멀리서 망원렌즈로 찍은 덕에 무사히 아깽이 단체사진 촬영을 마쳤다. 사실 내가 찍는 고양이 사진의 8할 이상은 망원렌즈로 찍은 것이다. 아무리 친한 고양이도 밀착해서 사진을 찍게 되면 경직되고 경계심이 생길 수밖에 없다. 망원을 이용하는 것은 최대한 고양이의 자연스러운 모습을 찍기 위한 불가피한 방법이다. 50년 넘게 고양이 사진을 찍어온 일본의 이와고 미츠아키 작가조차 그의 책 『고양이를 찍다』에서 고양이가 경계심을 품지 않도록 망원렌즈로 촬영한다고 밝히고 있다. 역시 고양이 사진을 찍을 때는 고양이를 안심시키는 게 최선이다.

72

엄마가 왔다

아깽이에게는 어미고양이가 세상의 전부이며 롤모델이다. 아깽이는 어미의 행동을 모방하면서 어엿한 고양이로 성장해나간다. 만일 먹이 부족으로 어미가 육묘에 쏟는 시간보다 바깥을 떠도는 시간이 훨씬 길어지면, 아깽이의 사회화나 정서적 성장도 그만큼 더디게 된다. 어미가 사람들과의 유쾌하지 못한 경험으로 인간을 멀리한다면 아깽이들 또한 인간과 친밀감을 형성하긴 어렵다. 엄마의 보살핌은 아깽이의 성장과 성격, 사회성, 미래, 인간과의 친밀감, 사냥기술과 운동능력 등 거의 전 분야에 걸쳐 영향을 미친다. 하지만 생각해보면 처음에는 엄마도 엄마가 처음이라서 서툴고 막막할 수밖에 없다. 하지만 이런 엄마조차 아깽이들에겐 보디가드이자 요술쟁이, 119 구조대원이자 선생님인 것이다.

🐾 외출 나갔던 엄마가 돌아왔을 때의 아깽이들 반응.

73

깜찍냥이

함부로 깜찍하게.

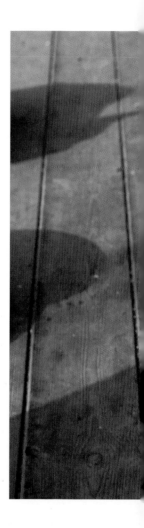

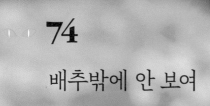

74

배추밖에 안 보여

여기 있으면 아무도 모르겠지, 하고 숨은 것 같은데, 너 거기
있는 거 아무도 몰라! 응, 하나도 안 보여!

※ 배추 밖은 위험해!

75

산골냥이 가족사진

지리산 산골냥이의 가족사진.

76

사랑이

제주의 한 공원에는 등에 거의 완벽한 하트무늬가 있는 고양이가 있다. 그래서 녀석의 이름도 '사랑이'다. 어쩌다 한 번씩 제주도에 갈 때면 나는 녀석이 사는 공원에 들르곤 하는데, 그때마다 사랑이를 만나 사랑스러운 뒷모습을 찍곤 했다. 고양이 공원이나 다름없는 이 공원에는 사랑이 말고도 스무 마리가 넘는 다양한 고양이를 만날 수 있다.

❀ 이게 내 마음이에요.
당신에게 등을 돌릴 수밖에
없었던 이유이기도 하죠.

77

고양이 위장술

가을엔 역시 삼색이의 위장술이 놀랍다. 낙엽 위에 앉아 있기만 해도 위장복을 입은 듯 감쪽같다. 물아일체의 경지.

✿ 고양이도 단풍 들었네.

✿ 낙엽 위에 앉아만 있어도 위장복이 필요 없다.

78

냥이 분계선

가끔은 같은 장소에서 같은 고양이의 행동을 관찰하면서 오래 사진을 찍다보면 고양이신이 정성이 갸륵하다며 이런 사진 한 컷을 툭 던져주십니다. 어떤 분들은 합성 아니냐며 의문을 제기하기도 하는데, 애당초 재주가 없어서 합성 같은 건 할 줄도 모르지만 할 줄 안다면 이쪽저쪽 고양이를 한 열 마리쯤 앉혀놓았겠죠. 이왕이면 분계선을 삼등분으로 해서 삼색이파도 집어넣고 말이죠. 그냥 웃어넘기기엔 무턱대고 의심부터 하는 분들이 더러 있더군요. 그럴 시간에 나가서 고양이와 더 많은 시간을 보내고, 한 컷이라도 더 사진을 찍는 게 낫지 않을까요? 그래야 고양이신이 슬쩍 던져주는 행운의 사진도 얻을 수 있으니까요.

🐾 냥이 분계선을 기준으로 노랑이파와 고등어파가 나뉨.

79

선캔후찍

캔 안 따고 사진 먼저 찍었더니
아깽이가 막 짜증냄.

80

솔로 고양이의 심술

　전원 고양이 중 한 노랑이는 그루밍을 하는 다정한 고등어 커플을 도저히 눈뜨고 못 봐주겠다는 듯 굳이 두 고양이 사이를 헤집고 훼방을 놓는다. 한창 스킨십에 빠져 있던 커플 고양이는 노랑이의 심술어린 행동에 그저 황당한 표정을 지을 뿐이다. 우연히 이 장면을 연속사진으로 찍어 SNS와 블로그 등에 올렸는데, 사람들의 반응이 가히 폭발적이었다. 문제는 저작권이나 출처를 밝히지도 않고, 당연히 사용 허락도 받지 않은 무단도용 사진이 여기저기 떠돌더니 심지어 〈허핑턴***〉의 영어권과 일어권 메인에 오르기까지 했다. 당연히 원작자인 나도 모르게 누군가 무단도용해 올린 것이었다. 이 같은 불법적인 도용의 피해는 고스란히 원작자에게 돌아갈 수밖에 없다. 재주는 곰이 부리고 돈은 엉뚱한 놈이 번다는 딱 그 짝이었다.

❀ 자기 볼에 뭐가 묻었
　네. 내가 닦아줄게.

❀ 우리 이따 둑방에 가
　서 캣닙차라도 한잔.
　어때?

❀ 훠이. 비켜! 대로변
　에서 볼썽사납게 이
　게 뭐하는 짓이야!

❀ 떨어져. 좀 떨어져.
　막 그냥 확 소금을
　뿌릴까보다.

81

냥독대 예식장?

분위기 좋고 다 좋은데, 우측 하단 노랑이(자몽) 하객이 신 스틸러. 사진 찍을 때마다 계속 저러고 있다. 인간계에도 예식 사신 찍을 때 꼭 저런 하객이 있었던 것 같다.

🐾 "예식장은 냥독대 예식장. 주례는 노랑이 아저씨~♬♪"

82
부엉이가 아닐 수도

저녁에 부엉이를 보셨다고요?
부엉이가 아닐 수도 있습니다.

🐾 부엉이가 야옹야옹.

83

장화 안 신은 고양이

고양이가 이렇게 장화 신은 고양이처럼 앉아서 샛별같이 초롱
한 눈을 반짝거리고 있으면……

어느새 캔을 따고 있는 자신을 발견하게 됩니다.

84

꿈꾸는 고양이

어류와 파충류는 잠을 자면서도 꿈을 꾸지 않는다. 새들은 하루에 약 1분 정도 꿈을 꾼다. 쥐들은 약 30분 정도, 사람은 2시간 정도 꿈꾼다. 고양이는 하루에 거의 3시간이나 꿈을 꾼다. 지구상에 사는 어떤 생물보다도 더 오래 꿈을 꾸는 것이다.

_데틀레프 블룸, 『고양이 문화사』 중에서

나는 이 말이 좋다. 지구상에 사는 어떤 생물보다도 더 오래 꿈을 꾼다는 거. 어떤 고양이는 사냥을 꿈꾸고, 어떤 고양이는 며칠째 오지 않는 캔따개 만나는 꿈을 꾸겠지. 부디 그들의 꿈이 아름답기를, 부디 그들의 꿈이 이루어지기를.

5부

공존

85
이 작디작은

이 작디작은 꼬물이가 자라서 커다란 성묘가 될 확률은 30%가 채 되지 않습니다. 당신이 돌을 던지고 발로 걷어차지 않아도 이 아이들의 삶은 이미 충분히 비참합니다.

86

뜻밖의 손님

뜻밖의 손님 한 마리가 국수 가게에 앉아 있다. 일행인 것처럼 자연스럽게 한자리 차지하고 앉아 주문한 음식이 늦는다며 야옹거리는 손님. 라오스 루앙프라방에서는 그저 흔한 풍경.

🐾 "여기도 국수 한 그릇 주실야옹?"

87

까망이 삐짐

사람들이 우르르 몰려가 노랑이
에게만 관심을 보이자 까망이 삐짐.

🐾 "나만 인간 없어!"

88

어서 와, 고양이 공원은 처음이지?

몇 년 전 폭설과 한파가 몰아닥친 이스탄불에서 길고양이를 위해 상가문을 열어주거나 난로를 거리에 내놓은 장면을 보도한 외신이 화제가 된 적이 있다. 그런가 하면 SNS 스타였던 길고양이 '톰빌리'가 세상을 떠나자 이스탄불 시민들이 동상 설립을 요청하는 서명운동을 벌여 평소 톰빌리가 자주 머물던 장소에 기념 동상을 세운 뉴스는 국내 애묘인들의 가슴을 뭉클하게 만들기도 했다.

오래전 나도 일주일 넘게 이스탄불을 여행한 적이 있다. 내가 주로 머문 곳은 아야 소피아 광장 근처였는데, 매일같이 인근의 술탄 아흐메트 공원을 찾곤 했다. 이곳은 흔히 고양이 마니아들에게 고양이 공원으로도 통하는 곳이다. 공원에 들어서면 입구부터 고양이들이 앉아 '어서 와, 고양이 공원은 처음이지?' 하면서 사람의 위아래를 훑어보곤 한다. 손에 케밥이나 빵이 있는지, 아니면 고양이를 위해 먹을 것은 챙겨왔는지 한눈에 파악하는 것이다. 이곳의 고양이들은 따로 사료 급식을 받으면서도 공원을 찾는 관광객으로부터 간식을 제공받곤 한다. 말이 제공이지, 그건 거의 강탈에 가깝다.

이곳에서는 고양이들에게 음식을 강탈당하는 게 매우 자연스러운 일이고, 누구도 그것에 대해 불만을 제기하는 사람이 없다. 오히려 사람들은 그런 고양이들과 기념사진을 찍기에 바쁘다. 튀르키예를 여행하는 사람들 중에는 순전히 고양이를 보러 이곳에 오는 여행자들도 많다. 실제로 나는 고양이 촬영이 목적이라는 여행자들을 몇 명 만났고, 아깽이를 한아름 안은 채 나에게 기념사진을 부탁하는 여행자도 만났다.

🐾 튀르키예에서는 공원에서 케밥을 먹고 있으면 어김없이 이런 풍경이
   펼쳐진다.

89
동화 같은 풍경

모로코에 쉐프샤우엔이란 도시가 있다. 사실 우리에게는 그리 친숙한 지명이 아니지만, 유럽에서는 꽤 알려진 '힐링 플레이스'로 통한다. 이곳의 가장 큰 특징은 메디나(구시가)의 모든 집들이 파란색으로 칠해져 있다는 것이다. 그러나 쉐프샤우엔이 나에게 특별했던 건 다른 이유가 있다. 바로 고양이. 이곳의 고양이는 어디에 있건 그림과도 같았다. 바다색 벽면을 배경으로 계단에 앉아 있는 고양이 혹은 하늘색 대문 앞에 앉아 그루밍을 하는 고양이. 온통 파란색으로 뒤덮인 골목에서 창문을 향해 먹이를 달라고 냐앙냐앙 보채는 고양이. 고양이끼리 서로 어울려 장난을 치고, 서로 엉켜 잠을 자는 고양이. 어느 골목이나 푸른색이 가득했고, 그 푸른색과 어울리는 고양이들이 있었다.

쉐프샤우엔의 메디나는 그리 크지 않은 편이고, 골목의 풍경은 수시로 달라진다. 비가 올 때와 볕이 날 때의 골목이 달랐고,

고양이가 있을 때와 없을 때의 골목이 또 달랐다. 비현실적인 골목에서 마주친 현실 속의 무수한 고양이들. 젤라바(모로코 전통의상)를 입은 노인들이 골목에서 안부를 묻고 인사를 나누는 모습은 그 자체로도 그림이지만, 그 옆에 떡하니 고양이가 앉아 있는 모습은 어떤 이야기를 품은 동화에 가까웠다. 구멍가게에서 과자를 사들고 집으로 가던 아이들은 저마다 한마디씩 고양이들에게 인사를 건넸다. 이곳에서는 골목을 걸어가는 고양이조차 마치 정지화면을 보는 듯 느긋했다. 여기에서는 사람도 고양이도 서두르는 법이 없었다. 언제나 바삐 이곳을 떠나는 이들은 시간이 없는 여행자들이었다.

90

어부와 고양이

그물에서 물고기를 분리하는 어부 옆에 늙은 턱시도 한마리가 앉아 있다. 이틀간 항구에 나와 지켜보니 다른 고양이들은 모두 주변에 앉아서 기다리는데, 녀석만이 무슨 특혜라도 되는 듯 바로 옆에서 어부의 작업을 지켜보는 것이었다. 여기에는 이런 사연이 있다. 어부가 분리작업을 하며 수시로 고양이들에게 물고기를 던져주지만 번번이 녀석만은 생선을 차지하지 못했다. 덩치와는 다르게 젊은 고양이들에게 밀리고 동작도 굼떠서 다른 냥이와의 경쟁력이 떨어지는 거였다. 해서 어부는 턱시도를 바로 옆에 앉히고, 심지어 녀석이 먹기 좋게 잘라주고 손질해서 손수 먹여주곤 했다. 이빨도 성치 않은지 다른 고양이가 서너 마리를 먹어치우는 동안 녀석은 겨우 한 마리를 먹을까 말까였다. 어부는 그런 녀석에게 특별대우를 베풀었던 것이고, 그 사실을 잘 알고 있는 녀석도 선별작업이 시작되면 당연하게 할아버지 옆에 앉게 된 것이다. 어부와 턱시도의 우정이 이렇게 보기 좋은 그림을 만들어낸 셈이다.

91

됐고, 나랑 놀자냥!

눈사람 만드는데 고양이가 자꾸 방해함.

92

내가 녹여줄게

　오래 눈밭을 걸어온 냥이의 시린 발을 장갑 낀 손으로 꼭 잡아주었……

　됐고, 밥이나 달라며 입맛을 다시는 녀석.

93
끈 달린 모자만 있으면

오래오래 고양이를 품에 안을 수 있는 확실한 방법이 있다.
끈 달린 모자만 있으면 된다.

94
고양이식 코인사

고양이식 코인사를 해보았지만, 오디의 표정이 좋지 않다.

🐾 "이번 한 번만 해준다. 담부턴 어림없다."

95
인간 효자손

대로변에서 등을 긁어달라는 고양이를 만났다.

🐾 "어이. 인간 효자손! 등 좀 긁어보라냥."

🐾 "아이고 시원타! 엉덩이 쪽도……"

🐾 "아니 만지지 말고, 이케이케 긁으라니까?"

96
할머니의 길동무

파란대문집 달타냥이란 고양이가 있다. 녀석은 할머니가 경로당에 마실을 갈 때면 언제나 호위무사처럼 따라나섰다. 경로당까지 할머니를 배웅하고 나면 차 밑에서 기다리거나 콩밭에 들어가 낮잠을 자는 고양이. 한참을 그러고 있다가 멀리서 할머니의 모습이 보이면 녀석은 다시 경로당 쪽으로 걸음을 옮겨 마중을 나간다. 혼자 사는 할머니의 길동무. 그야말로 동화책에나 나올 법한 풍경이다.

🐾 할머니 따라 마실 가는 고양이.

97

업히는 고양이

    내가 사료를 후원하고 있는 3호점 노랑대문집의 이웃인 언덕집에는 아롱이라는 노랑이가 있는데, 이 녀석이 정말 애교덩어리다. 할머니가 "아롱이 이쁜 짓" 하면 발라당 누워버리고, 마당을 돌아다닐 때면 거의 성가실 정도로 할머니를 따라다녔다. 할머니 또한 아롱이 자랑이 이만저만이 아니었다. "아롱이가유, 업히는 고양이유. 내가 이르케 등을 대면 지가 알아서 올라와유." 내가 믿을 수 없다는 듯 웃어버리자 할머니는 당장이라도 아롱이를 업을 태세로 아롱이에게 등을 댔다. 하지만 아롱이는 먼산을 보며 딴청을 부렸다. "아이구, 얘가 딴사람이 있어 말을 안 듣는가봐유."

    한번 더 할머니는 등으로 올라오라며 아롱이 엉덩이를 툭툭 두들겼다. 그게 무슨 신호라도 되는 걸까. 거짓말처럼 아롱이가 풀쩍 할머니 등에 올라탔다. "봤쥬? 얘가 이래 말을 잘 들어유." 천연덕스럽게 아롱이는 할머니 등에서 나한테 눈맞춤을 하는 여

유까지 부렸다. 할머니는 자랑스럽게 아롱이를 업고 마당 이쪽에서 저쪽까지 걸어가며 흡족한 미소를 지었다. 반면 나와 눈이 마주친 아롱이는 내게 이렇게 말하는 것 같았다. "뭐 이번엔 내가 함모니 체면을 생각해 올라와준 거다냥! 담부턴 어림도 없다냥!"

98
붕어빵 고양이

거의 17년 전 일입니다. 이사오기 전 살던 동네에 붕어빵 고양이가 있었습니다. 골목에서 붕어빵 포장마차를 하던 아주머니에게 팥고물을 얻어먹던 고양이. 이후로 내가 정기적으로 녀석에게 사료 배달을 했는데, 시골로 이사를 하게 되면서 헤어지고 말았습니다. 이사를 와서 『안녕, 고양이는 고마웠어요』라는 책을 내게 되었고, 붕어빵 고양이가 사는 동네로 이사온 어떤 분께서 그 책을 읽었던 모양입니다. 7년 전인가 SNS에 어떤 분이 댓글을 다셨기에 그냥 가볍게 읽어보던 차에 아, 세상에는 이런 우연도 있구나 하면서 혼자 감동했더랬습니다. 댓글을 단 그분이 책에 나온 붕어빵 고양이를 입양해 10년째 살고 있다는 거였습니다. 입양을 간 붕어빵 고양이 이름은 토실이.

그리고 얼마 전 토실이 집사께서 오랜만에 다시 메시지를 남겼습니다. 토실이가 열다섯 살의 나이로 무지개다리를 건넜다고. 토실이와의 인연을 만들어주어 정말 고맙다는 내용이었습니다. 소식을 접하고 나는 오랜만에 다시 붕어빵 고양이 사진을 들춰보았습니다. 캔을 따자 호랑이 기운으로 달려오던 고양이. 포장마차에서 팥고물을 넙죽넙죽 잘도 받아먹던 고양이. 조금은 엉뚱하고 엄벙덤벙이었지만 사람에게는 한없이 다정했던 고양이. 부디 고양이별에서도 아프지 말고, 날마다 호랑이 기운으로 날아다니길. 안녕히, 그리고 고양이는 고마웠어요.

99

고양이가 전하는 위로

　3호점 노랑대문집에 10년째 사료 후원을 해오고 있다. 어려운 형편에도 30여 마리의 고양이를 지극정성으로 보실피는 캣대디에게 사료 걱정만은 덜어주고 싶은 마음이 있었다. 두 번의 수술에다 몇 년 전에는 화재사고로 살림채를 태워 컨테이너 생활을 하면서도 그는 늘 자신보다 고양이를 먼저 챙겼다. 고양이들도 그걸 아는 걸까. 그가 힘들어할 때마다 고양이들이 그의 옆을 지키며 그와 눈을 맞췄다. 내 눈에는 그것이 언제나 고양이가 인간에게 해줄 수 있는 최고의 위로라는 생각이 들었다.

　　　　　　　　　　☙ 고양이가 자랄수록 인생은 깊어간다.

☀ 고양이는 좋아하는 사람 곁에 머문다.

🐾 "집사야. 걱정하지 말라냥. 내가 있다옹!"

100

신뢰한다는 것

가만히 손을 내밀어보세요.

고양이가 당신의 손에 살포시 앞발을 올려놓는다면 당신을 무척이나 신뢰한다는 뜻이에요.

고양이의 순간들2

나만 없어, 인간
절묘한 순간포착 100

ⓒ이용한 2024

초판 인쇄 2024년 10월 25일
초판 발행 2024년 11월 1일

지은이 이용한

기획·책임편집 이연실
편집 염현숙
디자인 이정민
마케팅 김도윤 김예은
브랜딩 함유지 함근아 박민재 김희숙 이송이 박다솔 조다현 배진성
저작권 박지영 최은진 오서영
제작 강신은 김동욱 이순호
제작처 더블비

펴낸곳 (주)이야기장수
펴낸이 이연실
출판등록 2024년 4월 9일 제2024-000061호
주소 10881 경기도 파주시 회동길 455-3 3층
문의전화 031-8071-8681(마케팅) 031-8071-8684(편집)
팩스 031-955-8855
전자우편 pro@munhak.com
인스타그램 @promunhak

ISBN 979-11-94184-09-6 04810
     979-11-94184-10-2 04810 (세트)